use your imagination. Be colorful. Laugh out loud.

Anything is possible – all you have to do is try!

Be sure to compliment at least one person EVERY DAy. WHEN yOU DO, WATCH THEM SMILE.

BE OPEN-MINDED.

LOVE
WITH
yOUR
WHOLE
HEART.

Collect something.

If you have a special talent, Share it with others. TEACH. Lead.

BE ENTHUSIASTIC.

Smiles warm the heart; they are contagious

Appreciate what you have. Never take anything for granted.

speak with great clarity. choose your words carefully.

Develop a "can do" attitude.

THINK POSITIVE THOUGHTS.

Only One You
Nadie Como Tú

Linda Kranz

Traducción de Teresa Mlawer

TAYLOR TRADE PUBLISHING
Lanham • Boulder • New York • London

Published by Taylor Trade Publishing
An imprint of The Rowman & Littlefield Publishing Group, Inc.
4501 Forbes Boulevard, Suite 200, Lanham, Maryland 20706
www.rowman.com

16 Carlisle Street, London W1D 3BT, United Kingdom

Distributed by NATIONAL BOOK NETWORK

Text and illustrations copyright © 2006, 2014 by Linda Kranz
Ocean scenes photography © 2006 DAJ/Getty Images
Photography by Klaus Kranz

British Library Cataloguing in Publication Information Available

Library of Congress Cataloging-in-Publication Data Available

ISBN 978-1-63076-023-6 (cloth : alk. paper) — ISBN 978-1-63076-024-3 (electronic)

Printed in Selangor Darul Ehsan Malaysia
July 2017

For Klaus—I give you my ♥ for safe keeping.
A Klaus—Te doy mi ♥ para que lo guardes.
—L.K.

"It's time," Papa said.
"I think it is," Mama agreed.
"Time for what?" Adri asked.
Papa's voice softened,
"To share some wisdom."

«Es la hora», dijo papá.
«Estoy de acuerdo», añadió mamá.
«¿Hora de qué?» preguntó Adri.
La voz de papá fue apenas un susurro:
«De compartir un poco de experiencia».

Always be on the lookout
Busca la oportunidad de encontrar

for a new friend.

un nuevo amigo.

Look for **beauty** wherever you are,
and keep the memory of it with you.

Busca la **belleza** donde quiera que estés,
y guárdala en tu memoria.

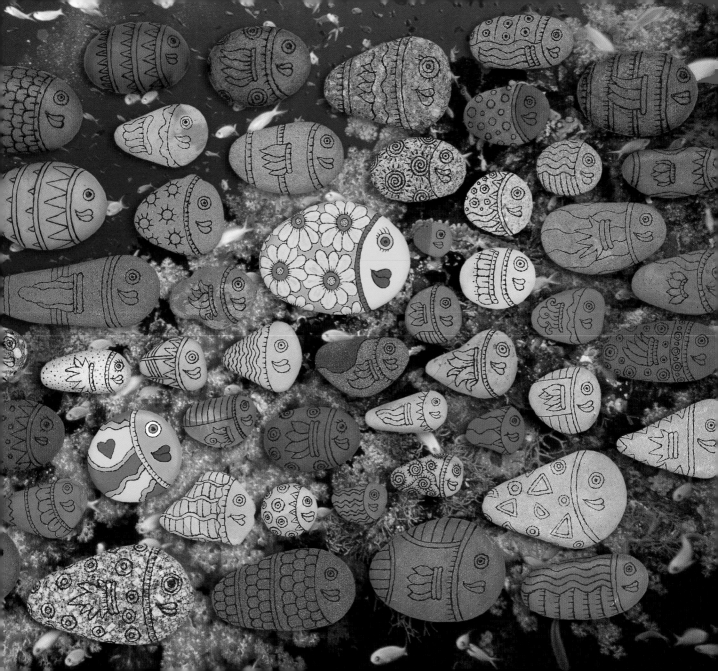

Blend in when you need to.

Stand out when you have the chance.

Sé parte del grupo.

Resalta cuando tengas la oportunidad.

Find your own way.
You don't have to follow the crowd.

Encuentra tu propio camino.
No sigas la corriente.

Know when
to speak;
know when to

listen.

Intuye cuándo
debes hablar;
y cuándo debes
escuchar.

No matter how you look at it,

No importa la manera de mirarlo:

there is so much to discover.

hay mucho por descubrir.

If you make a wrong turn, circle back.

Si te equivocas de camino, retrocede.

If something gets in your way,

si algo se interpone en tu camino,

move around it.

apártate y sigue adelante.

Set aside
some quiet time
to relax and

reflect.

Every day.

Busca tiempo
para relajarte y
reflexionar.
cada día.

art.

Aprecia
el arte.

It's all around you!
¡Está a tu alrededor!

make wishes on the stars
in the nighttime sky.

En las noches estrelladas,
pide un deseo.

"Thank you for listening," Mama said. "We hope you will remember."
Papa winked and whispered, "We know this is a lot for you to think about."
Adri did a backwards somersault and smiled.
He was excited to go out into the world with what he had just learned.
"Wait for me!" he shouted to his friends.

«Gracias por escucharnos», dijo mamá. «Esperamos que lo tengas presente».
«Sabemos que es mucho para recordar» añadió papá con un guiño.
Adri dio una voltereta en el aire y sonrió.
Había escuchado con atención los consejos de sus padres y estaba ansioso por conocer el mundo.
«¡Espérenme!» gritó a sus amigos.

Before he swam away,
he turned back to his parents and said,
"I will remember."
Mama kissed Adri on the top of his head.
"There's only one you in this great big world," she said.

Antes de alejarse nadando,
se volvió hacia sus padres y les dijo:
«Lo recordaré».
Mamá depositó un beso en la cabeza de Adri:
«No hay nadie como tú en este inmenso mundo».

"make it a better place."

«Haz de él un lugar mejor».

Sé un experto en algo. Nunca dejes de aprender.

¡Sonríe a menudo!

Disfruta cada día

Ríete con ganas.

Piensa positivamente.

Recorta pequeños corazones y déjalos sobre las almohadas.

Déjate llevar por un buen libro.

Sé tolerante.

Habla con claridad. Escoge tus palabras con cuidado.

Sé entusiasta.

Colecciona algo que te guste.

Entiende que esa persona que acabas de conocer trata de ser parte del grupo. Ayúdala para que se sienta bien.

Escribe mensajes que digan «te quiero».

Quiere de todo corazón.

Explora. Sé aventurero. Prueba el agua y zambúllete.

Si tienes un don especial, compártelo con los demás. Sé un buen maestro.